Para baby G, con todo mi amor. Estás siempre en nuestros corazones.

—L.G.

STERLING CHILDREN'S BOOKS
New York
An Imprint of Sterling Publishing Co., Inc.

STERLING CHILDREN'S BOOKS y el logo distintivo de Sterling Children's Books
son marcas registradas de Sterling Publishing Co., Inc.

978-1-4549-4600-7
Distribuido en Canadá por Sterling Publishing Co., Inc.
a/c Canadian Manda Group, 664 Annette Street
Toronto, Ontario M6S 2C8, Canadá
Distribuido en el Reino Unido por GMC Distribution Services
Castle Place, 166 High Street, Lewes, East Sussex BN7 1XU, Inglaterra
Distribuido en Australia por NewSouth Books
University of New South Wales, Sidney, NSW 2052, Australia

Para obtener más información sobre ediciones personalizadas, ventas especiales y compras
premium y corporativas, comúniquese con el departamento de ventas especiales de Sterling
envíe un correo electrónico a specialsales@sterlingpublishing.com.

Hecho en la China

Lote n. :
2 4 6 8 10 9 7 5 3 1

04/22

sterlingpublishing.com

Diseño interior y de cubierta: Irene Vandervoort

Un sofá para la LLAMA

Leah Gilbert

STERLING CHILDREN'S BOOKS
New York

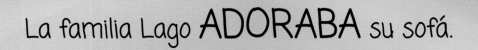

La familia Lago ADORABA su sofá.

¡Era el lugar ideal para acurrucarse y leer . . .

jugar a las cartas,
construir fuertes
y jugar al escondite!

Con él compartían
muchos lindos
momentos.

Quizás DEMASIADOS . . .

¡JUUUJUU!

¡UY!

¡OYE!

Un día decidieron que era hora de tener un sofá nuevo.

Así que subieron todos en el carro familiar y partieron en su búsqueda.

Buscaban uno que no fuera
DEMASIADO GRANDE.

Ni
DEMASIADO PEQUEÑO.

Debía ser PERFECTO.

La familia Lago encontró el sofá perfecto.

Pero, camino a casa, algo salió mal.

La llama encontró un sofá.

La llama bramó
¡HOLA!
al sofá.

Pero el sofá
no dijo
nada.

La llama intentó compartir su almuerzo, pero el sofá no parecía tener apetito.

Entonces, la llama decidió comer el sofá.

Sabía peor que
un seco
y polvoriento
CARDO.

¡El sofá no servía para nada!

¡LLÉVATELO!

Y es que . . .

La familia Lago notó que algo faltaba.

Mientras tanto, la llama decidió simplemente ignorar
el sofá y hacer como si no estuviera allí.

Esto se volvió
MUY,
MUY
ABURRIDO.

Entonces la llama se
acercó sigilosamente
y se
¡LANZÓ!,

Y

BRINCO,

BRINCO,

¡BRINCÓ!,

Y se dejó caer en los cojines
SUAVECITOS y
BLANDITOS.

Hasta que por fin quedó
totalmente . . .

ENCANTADA
con el sofá.

La familia Lago encontró su sofá.
Y también,
¡A LA LLAMA!

Era una llama
muy terca que  amaba
los sofás.

Al final de todo, la familia Lago estaba feliz con su sofá nuevo . . .

Pero la
llama fue
**la más feliz
de todos.**